2.997

I0546755

...LLÉE DE L'OISE,

CAUSERIES

DU LABOUREUR... BÛCHERON

ET DU ...

SENLIS,

...IMPRIMERIE...

Place du...

...

PRÉFACE.

—◆—

CAUSERIE D'UNE FEMME DU MONDE. LOISIRS D'UN PHILOSOPHE.

—

Je viens; j'observe; j'écoute et j'écris.

N'attendez rien de bon d'un peuple imitateur,
Qu'il soit singe ou qu'il fasse un livre,
La pire espèce, c'est l'auteur,

C'est votre réponse, Messieurs; c'est votre croyance,
Mesdames; eh! bien, non, vous vous trompez; La Fontaine
le bonhomme l'a dit, La Fontaine le bonhomme est dans
l'erreur; l'auteur, le philosophe, en un mot, est mauvaise
tête, frondeur, caustique, je vous l'accorde; mais il est es-
sentiellement loyal, franc, il a bon cœur. — C'est un
ours, m'objectez-vous; — mais faites-le sortir de sa tanière;
sachez le museler, et vous verrez comme il s'apprivoisera;
combien alors celui-là que vous redoutez, qui vous effarou-
che, vous semblera piquant et aimable, vous deviendra nécessaire dans vos jours noirs et vos heures de misanthropie,
car il racontera avec esprit et vous dira :

Je viens; j'observe; j'écoute et j'écris.

Mais surtout n'enveloppez point de votre disgrace, n'ac-
cablez non plus de votre haine la femme auteur, sœur en
poésie de l'homme de lettres; — c'est à vous, jeunes
hommes, et à vous aussi, jeunes femmes que je m'adresse.
— Pitié pour elle, grace pour ses œuvres! — Jamais de
moquerie aigue, car elle est de son sexe et du vôtre, par
conséquent, Mesdames; jamais de portraits perfides en res-

semblance, car elle est femme, et cherche à vous plaire :

Pour vous, enfants blonds et bouclés, la femme de lettres inventera de merveilleux contes de fées à la baguette magique ;

Pour vous, jeune fille, elle trouvera une histoire d'amour bien romanesque, histoire d'illusions s'il en fut.

Puis, devenue jeune femme belle et coquette, elle vous racontera les drames palpitants qui se passent à côté de vous, dans votre salon ; les fines causeries du monde ;

Plus tard, elle saura ranimer votre vieillesse par des souvenirs d'autrefois ;

Pour vous, jeunes écoliers, qui rêvez bataille et gloire, j'ai des récits aux mille coups de canon, qui vous feront sentir la poudre et frissonner ;

Pour vous, avocat, protecteur de l'orphelin, défenseur de l'accusé, je vous donnerai une noble cause à soutenir ;

Pour vous, galant troubadour, j'aurai de langoureuses romances, et une lyre harmonieuse ; pour vous tous, Messieurs, élégants et dandys du jour, nos prédilectionnés aux gants jaunes, je vous rappellerai des aventures de boudoir, je raconterai l'histoire de vos amours, toujours constantes, vous le dites ; jamais durables, nous le savons.

Pour Dieu, un peu d'indulgence ; laissez-moi croire que je parviendrai à vous récréer ; parfois, quand le temps est noir, quand le vent gémit, quand l'oiseau de la nuit soupire, je serai là, mes causeries à la main, et je vous dirai tout bas : écoutez-moi, car

Je viens ; j'observe ; j'écoute et j'écris.

ÉLISA ACLOCQUE.

VEILLÉE DE L'OISE,

CAUSERIES

DU LABOUREUR, DU BUCHERON

ET DU PLANEUR.

DEUX HEURES AU BAL DE L'OPÉRA.

Il y avait deux ans qu'Eugène Serva s'était marié. Eugène avait trente ans, et Victorine, sa femme, n'en avait que dix-neuf. Elle était peut-être un peu jeune pour lui ; mais elle avait tant d'amour et Eugène tant de dévouement, que chacun d'eux faisant la moitié de la route, l'un en avançant, l'autre en rétrogradant, ils arrivèrent naturellement au même point, et se crurent du même âge.

Depuis deux ans Eugène ne croyait pas avoir acquis le droit de se plaindre, bien qu'il trouvât sa femme un peu coquette et un peu trop éprise du monde. En effet, las des plaisirs et de leurs folles illusions, il avait rêvé un bonheur paisible, une vie toute bourgeoise, un coin du feu qui n'est pas sans charme. L'amour de sa femme, l'étude de quelques sciences, un peu de poésie, un peu de peinture, devaient occuper à la fois son âme et son esprit. Tous ces biens réunis, il ne demandait rien au-delà.

Malheureusement Victorine avait été élevée dans la retraite et dans le silence, au sein d'une de ces familles puritaines qui ont horreur de toutes lectures profanes, et nomment les spectacles et les bals des tentations de Satan. Victorine, dont l'âme était ardente et l'imagination vive, avait passé souvent, non sans étouffer un soupir, devant ces tem-

ples entr'ouverts dans lesquels on lui défendait de pénétrer ; quelques
flots de lumières étaient venus éblouir ses regards ; quelques notes har-
monieuses avaient fait bondir son cœur. Et elle avait dû renfermer dans
le secret de son cœur ses émotions et ses brûlants désirs. On compren-
dra facilement que l'amour d'Eugène avait éveillé toutes ses sympathies.
Non-seulement son mari était joli homme, spirituel et tendre, mais encore l'idée du mariage s'était associée chez elle à celle de la liberté et
du plaisir ; et elle s'était dit, en l'acceptant pour époux : « Enfin, je
vous connaîtrai donc, bals enivrants, qui devez être les plus délicieux
entre tous les fruits défendus !... Comme Emma Darcy, j'irai donc au
spectacle !... Au concert !... Et au bal !... Au bal !... » Pendant huit
jours, ce seul mot l'avait fait rêver.

Eugène, après son mariage, heureux de donner tant de bonheur à sa
jeune femme, lui laissa pleine et entière liberté. Il jouit de ses étonne-
ments naïfs, de ses ravissements sans nom. Il se plut à la guider de surprise en surprise ; il aurait joué sa fortune contre une joie pour sa belle
compagne ; il aurait joué dix années de sa vie contre l'expression de
bonheur qui se répandait sur ses traits à l'annonce d'une fête ; il était
ému et radieux, lorsque Victorine, dans un de ses moments d'admira-
tion passionnée, tournant vers lui ses beaux yeux étincelants de plaisir,
lui disait : « Que c'est beau ! »

Cela dura un an. Alors Eugène réfléchit et se dit que c'était assez
d'une année donnée aux joies du dehors. Il crut que c'était assez pour
que sa femme fût fatiguée, et qu'elle eût épuisé la coupe des jouissances
mondaines. Il crut ses illusions anéanties, ses rêves plus que satisfaits,
et il parla raison. C'était un peu trop tôt. Victorine avait à peine
effleuré la vie : elle était encore éblouie ; elle n'avait fait que quelques
pas dans cette route nouvelle, et il voulait que déjà elle revînt en arrière, ou plutôt qu'elle courût devant elle, sans voir et sans entendre,
pour le rejoindre plus vite, lui, vieux de raison. Il avait tort. Mais que
voulez-vous ? Il avait hâte de goûter du bonheur qu'il avait rêvé.
L'heure n'était pas venue, et il essayait d'avancer l'horloge.

Au premier mot de retraite, Victorine se récria ; elle pleura même,
et au bout d'un an de mariage, les larmes d'une jolie femme sont encore
toutes puissantes. Eugène soupira, et dit : « J'attendrai ! » Mais il eut
beau attendre, la fièvre du plaisir dévora Victorine plus que jamais.

Son amie d'enfance, Emma Darcy, femme légère et frivole, l'entraînait encore. L'enivrement était complet, la tête s'égarait, et qui pouvait dire que le cœur ne suivrait pas la tête.

Peu à peu le sage mari avait perdu sa sécurité. Il se plaignit plus souvent : un peu d'aigreur se mêla aux réponses de sa femme; c'était un enfant gâté, se révoltant à la première opposition qu'il rencontre.

Eugène commença à s'inquiéter sérieusement, le mal empirait. Victorine était belle, elle tenait le sceptre de la mode. Le cercle d'admirateurs qui l'entourait devenait chaque jour plus compact, et dans le nombre il se trouvait un certain Hector de Norvins, qui approchait plus près que les autres de l'idole, et qui avait déjà obtenu un ou deux de ces regards qui épouvantent un mari prévoyant... Et le pauvre Eugène tremblait.

Un jour donc, à midi, il entre chez sa femme. A peine remise de la fatigue du bal de la veille, enveloppée dans une robe de cachemire, elle est mollement étendue sur une ottomane; ses yeux sont fermés, elle sommeille ou rêve encore aux ravissements de la fête. Il n'y a qu'un demi jour dans la chambre de la belle dormeuse, et Eugène tire traîtreusement les rideaux.

— Que fais-tu, Eugène? s'écrie Victorine, en portant sa main sur ses yeux ; le grand jour me fatigue horriblement.

— Mon Dieu! ma bonne amie, dit Eugène avec une simplicité affectée; voilà une découverte qui m'afflige, je ne te croyais pas la vue faible...

— Je ne vous ai pas dit cela, reprit Victorine, avec une petite grimace de mauvaise humeur; mais il me semble que vous pourriez avoir plus d'égard, et penser que lorsque je rentre du bal à quatre heures du matin...

— Le soleil de midi te fait mal? C'est à quoi je pense, à ta santé surtout, qui m'inquiète. Vois, tes yeux commencent à ne plus pouvoir supporter l'éclat du jour, ceci est grave. Après cela, tu es aujourd'hui d'une pâleur qui ne concourt pas à me rassurer. Le carnaval touche à sa fin, nous allons entrer dans un temps de pénitence, et, pour ta santé, je crois qu'un séjour d'un an ou deux en province, te serait fort nécessaire. Voilà ce que je venais te proposer.

— Mais vous vous trompez, je ne suis pas malade du tout.

— Si ce n'est toi, c'est donc notre bourse.

— Que voulez-vous dire? reprit Victorine, avec une sorte de dédain.

— Pardon, ma chère amie ; je sais bien qu'il n'est pas très poétique de te parler argent, lorsque tant d'autres, mieux appris que moi, te parlent d'amour ; mais c'est que malheureusement je suis obligé de voir et de compter pour deux ; et du train dont tu y vas, il te faudrait deux ou trois cents mille livres de rentes!...

— C'est-à-dire, interrompit Victorine, en se renversant nonchalamment sur l'ottomane, et en étendant vers le feu ses petits pieds enfermés dans des pantoufles de velours noir ; c'est-à-dire que vous avez juré de me faire renoncer au plaisir, moi qui n'ai pas encore vingt ans. Vous avez essayé de la prière, et maintenant vous essayez de me faire peur ; vous ne réussirez ni d'une manière ni de l'autre. Je vous l'ai déjà dit : Si vous n'aimez pas le monde, libre à vous de vivre dans la retraite ; mais moi...

— Madame, ce que je vous ai dit tout-à-l'heure en riant, je vous le répète sérieusement. Vos folles dépenses me ruinent, et votre coquetterie finira par ruiner de même votre réputation ; je ne souffrirai ni l'un ni l'autre de ces malheurs.

— Mais, monsieur, vous devenez un véritable tyran !

— Tant que vous voudrez ; mais j'aime mieux passer pour un tyran que pour un... sot.

— Ah! qu'Emma est heureuse! murmura Victorine, en passant son mouchoir sur ses yeux ; elle est libre!...

— Hélas! madame, je n'ai pourtant pas envie de mourir pour vous faire ce bonheur-là.

— Ah! je sais, monsieur, que quant à mon bonheur, il vous inquiète fort peu.

— Pas à ce point du moins... Écoute, Victorine, point de sottes récriminations. Je t'aime..... je t'aime sincèrement, tu le sais. Pour t'éviter une douleur, il n'est pas de sacrifices que je ne consentisse à m'imposer. Je te pardonne ton goût pour la parure ; sois jolie, je ne demande pas mieux, mon amour propre de mari y gagne. Accorde quelques heures de ta vie au plaisir, bien encore : on en goûte mieux après les charmes du repos. Mais à toutes choses, il faut poser des limites : pour les unes, celles de la raison ; pour les autres, celles de notre fortune.

— Eh ! monsieur, je vous ai apporté 300,000 francs de dot.

— Ah ! des chiffres !... soit. De mon côté, je t'en ai apporté autant, n'est-ce pas, les positions sont égales..... si je t'aimais moins, je te dirais : « Madame, voici vos 300,000 francs, dépensez, faites tout « ce que bon vous semblera. Vous vivrez de votre côté, moi du mien ; « liberté pour tous deux. » Mais, et Eugène se rapprocha avec un regard affectueux, notre bonheur serait détruit, Victorine. Ce bonheur que j'attendais de toi serait perdu sans retour. Ta fortune, je veux te la conserver ; ta réputation, je veux qu'elle reste intacte, moins pour moi que pour toi. Ceci, c'est la couronne d'or des femmes. Il ne faut pas qu'un souffle puisse la ternir. Tu es jeune, tu ne vois pas le piége que l'on tend sous tes pas ; tu ne vois pas qu'on t'éloigne de moi qui te donnerai amour et bonheur, pourvu que tu viennes me les demander. Fais un retour sur toi-même. Depuis longtemps, nous ne sommes plus heureux. Eh bien ! j'oublie tout, si tu le veux, et je ne te demande pour cela que de rompre avec ton amie, Mme Darcy. Sa conduite, plus que légère, t'en fait un devoir.

Victorine qui s'était émue à la fin du discours de son mari, tressaillit à cette dernière phrase.

— Emma ! une amie d'enfance..... n'espérez pas que je me sépare jamais d'elle. Vous voulez m'isoler de toutes mes affections pour me dominer plus complètement ; vous n'y parviendrez pas.

— Victorine, j'ai tout essayé pour vous faire comprendre que je ne voulais que votre bonheur ; maintenant j'exige et je défends. J'exige que vous renonciez à cette vie agitée qui compromet votre santé, et je vous défends de voir Mme Darcy.

— Elle vient ce soir me chercher pour aller au bal.

— Vous n'irez pas.

— J'irai.

— Victorine.....

— J'irai, monsieur.

— Vous ne pouvez vivre ainsi, songez que mon autorité méconnue.....

— Vous avez raison, et je ne vois qu'une séparation...

— Une séparation!... Oh! quel mot prononcez-vous! je ne l'aurai pas osé, moi! Vous, Victorine, vous!... Le mal est plus grand que je ne croyais... Vous réfléchirez... vous rétracterez ces terribles paroles... ou en effet..... tout sera fini entre nous..... maintenant, je vous laisse maîtresse..... si vous allez à ce bal, vous aurez prononcé notre séparation.

Eugène sortit plus profondément émue qu'il ne le laissait paraître : mais, au tremblement de sa voix, Victorine avait compris tout le mal qu'elle venait de lui faire. La jeune femme, que de mauvais conseils égaraient, n'avait été que légère, et son cœur était resté pur. Au fond elle aimait toujours son mari. Mais Emma lui avait si souvent répété qu'elle devait dominer; que tous les maris avaient une fatale tendance à la tyrannie; que c'était dans les premières années d'un mariage qu'on devait asseoir son autorité, sous peine de la perdre pour jamais; elle lui avait dit si souvent qu'une jolie femme devait régner et qu'à son âge tout était permis; elle lui avait tant répété ces choses que Victorine s'était peu à peu laissé convaincre. Mais lorsqu'elle vit le terrible résultat de cette révolte contre ses devoirs, elle eut peur. D'abord elle pleura. Elle répéta vingt fois qu'elle était la plus malheureuse des femmes, et enfin elle se décida à ne point aller au bal.

Le soir, à onze heures, Emma Darcy entra chez elle :

— Comment! tu n'es pas encore habillée... qu'est-ce que tu as... tu pleures!...

— Oh! ce n'est rien... rien, une migraine... Je ne t'accompagnerai pas ce soir.

— Y penses-tu? un bal masqué! à l'Opéra. Toi qui n'en as jamais vu... Et pourtant, quoi de plus piquant que d'être inconnue, au milieu de toute cette foule masquée; de surprendre des secrets, de se servir de ceux que l'on possède pour intriguer des amis, des connaissances; et quoi de plus délicieux que d'inspirer des passions, de commencer des intrigues dont le plus grand mérite est de finir avec le bal! et tout cela, à l'ombre de ce masque protecteur, qui vous permet d'entendre tant de choses, que vous ne pouviez écouter, visage découvert. Quel délicieux souvenir vous reste après cette heure de folie, et tu y renoncerais!...

— J'en ai peur, je ne sais pas intriguer.

— Qu'importe ! il ne faut qu'une heure, passée au bal, pour s'initier à ce mystère... et cela sans effort, sans même s'en apercevoir... mais je ne t'ai jamais vue si timide.

— S'il faut tout te dire... c'est que mon mari s'y oppose... et pourtant je ne lui ai pas dit que c'était au bal de l'Opéra... ce serait bien pis encore.

— Et tu cèdes !

— Que faire ?

— Résister.

— Si tu savais comme il est en colère.

— Folie ! il tempêtera toute cette nuit et demain, il aura tout oublié. Tu ne lui diras pas où tu es allée.

— Mais s'il l'apprend.

— Et comment ?... avec un masque qui te reconnaîtra, enfant... ne suis-je pas d'ailleurs ton chaperon. Je réponds de tout.

Et d'une main rapide, elle défaisait les rubans qui retenaient l'élégante robe de chambre de Victorine. La jeune femme se défendait faiblement... émue, tremblante, elle se laissa séduire.

— Au moins, Emma, laisse-moi appeler ma femme de chambre.

— C'est inutile, j'aurai fini plus tôt qu'elle.

En quart d'heure après, la jolie taille de Victorine était cachée sous un ample domino de satin noir et son frais visage était recouvert de l'abominable loup de velours noir. Victorine eut peur en se voyant ainsi ; mais Emma ne lui laissa pas le temps de la réflexion et l'emmena ou plutôt l'entraîna vers sa voiture.

Alors l'Opéra avait des bals masqués, moins la folie. Il y avait là quatre mille couples noirs et mystérieux qui marchaient en mesure (lorsque la cohue le permettait), tandis que l'orchestre exécutait des quadrilles ravissants d'entraînement. Mais on eut dit que tous ces hommes, toutes ces femmes frappés d'une baguette magique ne pouvaient rien perdre de leur gravité ; que les sons mouraient à leurs oreilles sans arriver à leur âme ou même à leur imagination. Ils marchaient, se heurtaient et parlaient bas. Les hommes jouant les passions à froid, les femmes retenant la barbe de leurs masques et changeant leur voix douce et harmonieuse contre une voix aigue et monotone, la voix de l'intrigue.

A peine Victorine eut-elle fait trois pas dans la vaste salle qu'elle se sentit saisie de vertige. Elle eut peur et se serra contre Emma : — Sortons, sortons, Emma... j'étouffe ici...—Que tu es folle... viens donc enfant.

Et Emma l'entraîna! Après quelques tours dans la foule, Mme Darcy avait déjà jeté sur son passage deux ou trois mots piquants qui l'avaient fait suivre; mais elle échappait avec une adresse merveilleuse à ses poursuivants. Victorine tressaillait à tout moment et s'effrayait de ces attaques et de ces réparties qu'elle trouvait pour le moins inconvenantes.

— Asseyons-nous un moment, Emma... je suis horriblement fatiguée.

Madame Darcy céda à cette prière, non sans dépit. Mais elles étaient à peine assises qu'elle se pencha vers sa compagne :

— J'aperçois, lui dit-elle, une personne que je veux intriguer. Reste-là un moment, je reviens.

— Oh! ne me laisse pas seule!...

— Rien qu'un instant.

— Je ne veux pas...

Emma était déjà loin, et Victorine dut se résigner, non sans que des larmes coulassent lentement sous son masque.

Il y avait à peu près cinq minutes qu'elle était seule, lorsqu'un jeune homme, ayant au bras un joli petit domino noir, vint s'asseoir à côté d'elle; Victorine baissa vivement la tête : elle venait de reconnaître Hector de Norvins, le plus ardent et peut-être, sans qu'elle se l'avouât, le moins maltraité de ses nombreux admirateurs. Son cœur battit et, malgré elle, elle prêta l'oreille. Hector parlait :

— Eh bien, ma belle inconnue, cet obstacle que tu m'opposes...

— Tu aimes ailleurs.

— Tu vois bien que non puisque je suis là, et que depuis deux heures tu me retiens comme fasciné par un charme enivrant.

— Tais-toi, tu aimes Victorine Serva.

— Je te la sacrifie.

— Bat! en es-tu à ce point avec elle que tu puisses la sacrifier?

— Si réellement j'étais un fat, je pourrais te répondre : Oui, j'ai tout lieu de croire qu'elle me voit avec indulgence : mais en vérité, la conquête en serait si facile qu'il n'y aurait que peu d'honneur.

— Et tu crois qu'avec moi ce serait différent.

— Oui, ta conversation garde un ton de persifflage qui m'effraye.

— Merci! mais elle est donc bien coquette cette petite dame Serva?

— Coquette, vaine, et je crois même un peu... *naïve.* Un mari d'une stupide confiance : il est froid et triste, elle ardente au plaisir et d'un caractère indépendant. La chance est trop belle... trop belle. Mais encore une fois, ses plus doux sourires, ses plus doux regards, et elle a pourtant des regards charmants, ne valent pas un mot de ta bouche.

Victorine fit un brusque mouvement pour se lever, mais ses genoux fléchirent; elle chancela et retomba assise sur son banc. Oh! qu'elle souffrait!

— Quittons cette place, dit tout bas le domino noir : voici quelqu'un qui nous écoute, je craindrais d'être reconnue.

— Mais moi, ne te connaîtrai-je pas...

Ils s'éloignèrent. Victorine resta un moment immobile, glacée et comme frappée de stupeur. Puis une angoisse subite entra dans son âme. Il lui sembla que, malgré son masque, tout le monde devait voir la rougeur de son front. Chacune des paroles qu'Hector avait prononcées était tombée comme un poids énorme sur son cœur. Non pas qu'elle regrettât l'amour de cet homme; elle était encore trop pure de pensée pour s'être dit : Il m'aime... et je l'aimerai peut-être... Mais, ce qui lui faisait honte, c'était d'avoir mérité son mépris, de l'avoir autorisé à penser si mal d'elle. Et la pauvre femme ne pouvait comprendre ni comment ni pourquoi il la méprisait. Emma ne reparaissait pas, et la souffrance de Victorine devenait intolérable. Elle se leva, résolue à fuir de ce bal où elle n'aurait pas dû entrer. Elle quitta la salle; mais arrivée dans les couloirs, tremblante et l'esprit troublée, elle erra long-temps sans trouver une issue pour sortir. Elle pensait à son mari, à la défense qu'il lui avait faite, à ses paroles que dictait une affection profonde et qu'elle avait repoussées. Il lui semblait qu'il allait paraître devant elle pour lui arracher son masque, et lui reprocher sa faute devant tous ces hommes qui la heurtaient en passant. Cette terrible pensée la domina tellement, qu'elle crut voir tous les masques arrêter sur elle leurs regards flamboyants. Elle crut entendre des rires sardoniques, elle crut même que son nom était prononcé ; en précipitant ses pas, elle s'élança vers une porte où la foule se pressait ; elle la franchit portée par le flot : elle était dans le foyer.

Elle alla droit devant elle, mais la fatalité qui s'attachait à ses pas, la jeta au milieu d'un groupe de jeunes gens qui s'ouvrit et se referma sur elle : un houra l'accueillit.

— Où vas-tu ainsi, mon joli petit masque? Quoi, seule, avec une pareille tournure? Tu devrais avoir vingt cavaliers pour un. Où as-tu perdu ton infidèle? Choisis entre nous, la vengeance est le plus beau privilége des femmes. — Ne trouves-tu pas, Horace, qu'elle a toute la cambrure de ta dernière, la petite Mina? — A la bonne heure, mais Mina n'avait pas ce pied charmant ni cette main délicieuse qui retient la barbe traîtresse du masque. — Voyons, dit un quatrième, en passant cavalièrement son bras autour de la taille de Victorine, laisse-nous entrevoir seulement le bas de ton visage, qui doit être d'un ovale parfait. Je m'y connais, je suis peintre.

Victorine avait fait un bond en arrière pour échapper à cette honteuse familiarité, mais elle sentit une autre main saisir la sienne : — Allons, ne sois pas si farouche, mon joli petit masque, et laisse-moi puiser dans tes beaux yeux toute la poésie du ciel : je m'y connais, je suis poète.

Victorine, si son masque fût tombé, les eût effrayés de sa pâleur : ses dents claquaient et tout son corps était saisi d'un tremblement nerveux. Elle eût voulu qu'en ce moment la terre s'entr'ouvrît sous ses pieds pour la sauver de la honte. Elle chancela et crut qu'elle allait tomber. Le dernier qui avait parlé étendit les bras pour la soutenir ; mais elle poussa un cri d'effroi en se redressant, et, se tournant vers les jeunes gens stupéfaits, elle dit d'une voix étouffée : — Messieurs!... messieurs!... au nom de l'honneur, laissez-moi passer...

— Elle parle! elle parle!... s'écrièrent les plus fous.

— Silence! messieurs.

Ces paroles furent prononcées d'une voix forte par celui qui s'était dit peintre. Il crut avoir deviné les angoisses de Victorine ; il entrevit un mystère, et prenant en pitié la pauvre femme, il lui dit :

— Ne craignez rien, Mademoiselle... ou Madame, si vous avez besoin d'un appui, d'un défenseur, disposez de moi.

— Monsieur, balbutia Victorine d'une voix pleine de larmes, au nom de Dieu, faites-moi sortir d'ici ou j'y mourrai!

Ces paroles, prononcées à voix basse, ne furent point entendues des autres.

— Prenez mon bras, madame, et ne craignez rien. Place, Messieurs.

— Bravo! bravo! Warner en est pour sa poésie, c'est Annibal qui l'emporte.

Victorine courba la tête sous cette dernière injure et entraîna son protecteur. Arrivée sous le péristile, elle quitta vivement son bras :— Monsieur, vous venez de faire une bonne action, que Dieu vous en récompense; moi, je ne l'oublierai jamais.

Et, sans attendre de réponse, elle se perdit dans un groupe de masques qui sortaient, laissant Annibal très-surpris et passablement piqué d'un si brusque dénouement.

A peine arrivée dans la rue, Victorine se jetait dans un fiacre, et dix minutes après, elle rentrait chez elle.

Sophie, sa femme de chambre, l'attendait. Victorine, en entrant, arracha son masque, le jeta loin d'elle et se laissa tomber sur un divan. Elle était d'une pâleur livide.

— Oh! mon Dieu, Madame, qu'avez-vous? s'écria Sophie.

—Rien... rien... la chaleur, la fatigue... Déshabillez-moi.

Et ses mains, qu'agitait encore un tremblement convulsif, brisaient les cordons que Sophie ne dénouait pas assez promptement.

Elle s'enveloppa d'un peignoir, et congédia sa femme de chambre; mais comme celle-ci allait sortir, elle la rappela.

—Sophie, mon mari s'est-il retiré de bonne heure?

—Monsieur est dans son cabinet, où il travaille : tout-à-l'heure, du moins, il y avait encore de la lumière.

—C'est bien, laissez-moi... Si dans la matinée quelqu'un... se présentait, je ne serai visible pour personne... J'ai besoin de repos...

—Excepté pour Mᵐᵉ Darcy?...

—Non... non... personne; et même désormais, je ne serai jamais visible pour Mᵐᵉ Darcy.

Sophie sortit, et Victorine alla ouvrir la porte qui conduisait à l'appartement de son mari. Elle hésita un moment, puis s'armant de courage, elle marcha résolument vers son cabinet d'étude.

Eugène était assis à son bureau. Au bruit que fit Victorine, il tressaillit et leva la tête. Mais si son âme fut troublée, son visage n'en éprouva aucune altération ; il resta froid et sévère.

Victorine s'avança. Pâle et les yeux baissés, elle demeura immobile devant son mari.

— Il est deux heures du matin, madame, dit Eugène, d'une voix grave. Que venez-vous faire ici ?

Victorine, sans répondre, joignit les mains, et se laissa tomber à genoux.

— Que faites-vous, madame ! Levez-vous... Il faut être bien coupable pour s'agenouiller ainsi !

— A genoux ! à genoux ! Eugène, s'écria-t-elle en fondant en larmes ; à genoux, pour y mourir, si tu me refuses ton pardon, car je suis bien coupable !...

— Coupable !...

Et un éclair foudroyant passa dans le regard d'Eugène.

— Oui, coupable d'avoir méconnu ton amour ; d'avoir joué mon bonheur contre de vains plaisirs qui m'auraient perdue...

— Il était temps ! pensa le mari rassuré.

— Mais, tu sauras tout, continua Victorine ; et tu me pardonneras, car tu as été cruellement vengé, et j'ai bien souffert !

Alors, avec la candeur de la femme qui commence à comprendre le danger qu'elle a couru, mais dont la pureté n'en devine pas encore toutes les conséquences, elle raconta à son mari les deux terribles heures qui venaient de s'écouler. Par un de ces instincts merveilleux, qui n'appartiennent qu'aux femmes, elle passa sous silence la conversation d'Hector et du domino noir. Mais elle raconta sa frayeur lorsqu'elle s'était vue seule dans ce monde si nouveau ; ses angoisses, ses remords, puis son effroi au milieu des jeunes fous qui l'avaient arrêtée ; sa honte, dont le souvenir la faisait encore rougir et pleurer !

— Et maintenant tu sais tout, ajouta-t-elle ; et maintenant punis-moi, puisque je t'ai désobéi. Impose-moi tel châtiment que tu voudras, me voilà soumise et repentante.

Eugène respira, car il avait écouté le récit de Victorine avec une secrète inquiétude. Grâce au ciel, il en était quitte pour la peur ; mais ne voulant pas céder trop facilement, il montra à Victorine quelques papiers épars :

—Tandis qu'au mépris de mes prières et même de mes ordres, vous vous exposiez à de véritables dangers, seul et malheureux ici, pour satisfaire au vœu que vous aviez exprimé, je rédigeais un acte... de séparation...

— Ah ! grâce ! que ton amour me rassure et m'abrite ! Grâce et pardon, Eugène... Tu m'as tant aimée !...

— Et je t'aime encore !... s'écria Eugène vraiment ému, en lui tendant les bras.

Victorine s'y précipita.

— Oh ! je n'irai plus au bal.

— Si vraiment, mais avec moi ; ton meilleur, ton plus fidèle ami.

—Avec toi, toujours ! mais d'abord, partons pour ce voyage dans le Midi, dont tu m'avais déjà parlé... J'ai besoin de faire oublier...

— Soit, puisque tu le veux ; et au retour tu verras Paris sous un autre aspect... Tu seras plus raisonnable...

— Et plus heureuse, reprit Victorine, en appuyant son beau front sur les lèvres d'Eugène.

Mᵐᵉ CLÉMENCE LALIRE.